U0029735

微小記號

王聰威

推薦序

換個方式靠近

羅智成

《微小記號》本質上是一本情詩集。

由不同心境的獨白、不同場景的對白與不同風格的詩作形式組合而成。

在這些作品中，我們似乎看到一個強大如宿命的日常生活現場。作者，或第一人稱，在此謹慎地生活、工作、戀愛、作白日夢……順從地憂傷或快樂著，熟練地應對一個豐富如幻想的現實世界；字裡行間裡看似壓抑而被動，卻由於深刻的自我意識、敏銳的觀察與反思，他其實也更主動地安置一切，盡情去訴說、去賦予意義。
我們必須承認，詩創作往往是凡人最輝煌的抵抗……

在《微小記號》之前，我沒看過聰威的詩。雖然我們認識已久，知道他寫了許多非常好看的小說，而且為了一個難以置信的理由，成為我台大哲學系的學弟。這個難以置信的理由，其實跟寫詩有著密切的關係，但一直沒有證據。一直到出現這本詩集。

的確，在各種文學場合的互動中，我一直覺得他另有一面隱藏得不太好的，更細膩、浪漫的自我，但一直沒有證據。

因為聰威的日常言談直白、緊湊，帶著未預期的創見與犬儒式的自嘲與幽默，那種率直的洞見、俐落的觀點，有時候我會認為是為了提防太過美好的想像、太過浪漫的情懷所致，而這似乎和刻板印象中的詩是格格不入的。

這一點倒跟他的小說頗為接近：駁雜、不尋常的現實主題、新鄉土風的口語、多面向的實驗精神；但不時出現一些錘鍊許久的精緻表達與雋永字句，總讓你覺得他始終有一些東西蓄勢待發、呼之欲出。

所以，在他的詩作裡，我們會不會發現到他性格中，較少顯示出來的那一面？或者，發現到詩創作較少被人預期到的那一面？這樣的好奇，讓我在閱讀的時候更為專注。

第一首，序詩，Love of My Live，給了一個令人驚豔的起始。

聽威襲用了Queen合唱團抒情得要死的歌名與詞句，開宗明義就把他壓抑許久的感性，或他獨有的感情形式華麗地宣洩出來：

「他不知道我決定放棄
他的世界即將不同
這是愛睡覺的我，唯一能改變某人世界的方式
才不管，這世界對他來說
有什麼我不明白的意義」

在這當中，以及之後的許多章節，我會一直記掛的，大概就是這種對於愛情的無力與堅持，以及優美得奄奄一息的、薄如蟬翼的表達。那其實是他面對這個世界時，特有態度的象徵。

一個被實現於真實世界的愛情，

不正像一個被現實生活不經意對待的，充滿詩心的文青？

退讓與抵抗交替、夢想與幻滅交織，還有對於事物的選擇與逃避、對於細節的耽溺與執迷，或者眼珠快速移動的觀察、大腦快速轉動的思考，這些勤奮而細膩的書寫，不但表達出作者特殊的性格與態度、對都市文明的敬畏與疏離，似乎也帶著彌補被事實禁錮的生命之巨大渴望。

但是，我覺得他的詩作最觸動人的元素還是來自於，各式各樣的無能與無力。我們只想用比現實更堅實的文字，來守住比現實更脆弱的那一部分自己。這似乎也是他對詩的書寫的基本期待與想像。

像在殘酷的巨人的城堡裡，藉由文字建造許多秘室，窩藏自己的存在、真實的感受、非法的念頭、快樂的狂想、憂傷的記憶，在鐘樓塔頂、在廚房、在書本中、在遙遠的港口。

Love of My Live把聽威的感性華麗地宣洩出來，但是那基本上屬於Queen的語言。

「草草起床
手沖一杯咖啡
空空的白盤子
把今天想對她說的第一句話用叉子叉來叉去
好像這句話很害羞。」
才是最能代表聽威風格的句子！

在《微小記號》裡，他用這樣的語言建構了大部分的作品。

也許是因為這是聰威的第一本詩集，創作的時間涵蓋較廣，也許是因為作者跟我一樣，對詩有比較寬鬆的界定與想像，《微小記號》所收入的作品在形式上十分多樣化，在風格上、主題上也十分豐富。

我大致可以從中分辨出三類不同的作品。

第一類作品的篇幅較大，體例接近散文詩或極短篇。這是我們最熟悉的聰威；熟練演繹著紙面上的電影或ＭＶ，流暢的鏡頭，不經意的對白，特寫的細節，勾勒出一個又一個引人入勝的故事、插曲或場景。這些作品深邃可讀，意象十分鮮明、表達十分生動，讓你不由自主地跟著〈蛋包飯男友〉、〈生日蛋糕〉、〈戀愛的時機〉、〈不想〉等情節在亞熱帶都會的白領生活圈忙碌、徬徨；而「自製的情感不對等」是其中的敘事基調。有時候，你又隨著〈白光〉、〈Bossa Nova 夜降臨〉這些狂放的文字鋪陳，神遊於遙遠的時空、遙遠的主題，呼吸著異國、異質的空氣，遲遲無法回頭。

詩創作在呈現官能經驗上一個核心工具，就是意象。意象在往上整理就成為情境；情境再更加完整化，就是情節或場景了。在這類宛如拍攝腳本的作品中，我們可以清楚的看到生活向詩靠近，或詩向視聽藝術靠近的軌跡。

第二類作品多為洋溢著聰威風格的短詩，也是本書的主體。他善用畫面、對白、善用反諷、比擬，加上隨處可見機智的警語，讓我們得到讀詩時少有的愉悅與樂趣。

這些詩行來自生活觀察所得，無論是對城市、對人與人的關係，都有別出心栽的想法。通電話、海洋、旅行與傷心是主要的關鍵詞，反映出作者與世界不確定的關係，也反映出者對於破格、對於矛盾或不協調某種反慣性連結的耽溺。例如：

「風意外跌入窗
風鈴只好倉皇通知妳
我還未到來」
是優美的詩情與尷尬意外的機智結合；
〈海洋之旅〉中的
「主帆卸下了，我的愛
廚子熄了爐子
我的愛

想親親妳的肩帶」
是浪漫想像與無法迴避的現實情境並存的緊張狀態。
「我不懂？
妳就這麼忍心地放任我和極簡主義在一起，和別人結婚了。
如果我必須忍受極簡主義，為什麼我不能娶妳呢？」更是一個有飽滿自我意識的人爐火純青的自嘲。

第三類作品比較少，是聰威試圖離開自己慣用的語言，在各個不同的階段，去探索想像中更理想的文字表達的種種實驗，因此風格較不一致。在這當中，有更純粹、抽象的作品、有圖象詩，也有相當成功、節奏截然不同的抒情或雄辯的語法。

〈我是妳的倒影〉是我非常喜歡的一首：

「我是妳的倒影。
當妳凝視，我的時候，
我也不得不凝視妳。當妳伸手觸摸，
我的時候，
我也能觸摸妳。但
妳的手一旦真的
觸摸到我，我的身軀
就會　為之碎裂。
所以，
我總是，期待不已。」

〈微小記號〉展現出更大的力氣：

「……因為這是個水手的夜鐵路的夜爵士樂手的夜白月的夜
印加帝國的夜烤芋泥的夜生火腿的夜黑膠唱片的夜
鈑金的夜
女伶的夜紅色敞篷的夜威士忌的夜佛朗明哥吉他的夜
背上插著長劍的鬥牛的夜真空管的夜汽船的夜低音大提琴的夜香煙的夜
打字機的夜
冷凍橘子汁的夜偵探的夜畢卡索的夜硬漢的夜
藍調的夜足球的夜共和國輓歌的夜喔
所以，我反覆在心中詢問妳在這麼好玩的夜裡是否前來？」

單憑這樣的表現，聰威就足以理直氣壯地站在最厲害的詩創作者行列，不需要「自製情感的不對等」，像翻撿舊時照片或少作一樣的自謙。

這三種類型的作品雖然讓整本書顯得有些蕪雜，但各盡其責，相當精確地拼湊出詩人對於愛情、對於感情生活，尤其是詩，的心得與想像。它讓我更加了解聰威，也更堅定了對於詩要寬鬆多元的理念。

讀完了整本《微小記號》，讓我覺得跟我的學弟又親近了許多。

（本文作者為詩人）

推薦序

屢勸不聽的情詩

楊佳嫻

我認識王聰威，先在紙面上，而且首先是他的詩。

二十一世紀初始，我剛剛到台大讀書，課多古典，與興趣不合，翹課頗兇，長天老日的在椰林大道晃了兩圈以後，過馬路到唐山書店去，這裡摸摸，那裡翻翻。那時候唐山書店堆放了不少《現代詩》復刊，詩刊開本特殊，作長條狀，安插在書架上頗惹人矚目（有些堆放於桌下，不知為何我居然也彎身探看、翻找過）。刊物上名家眾多，零雨、鴻鴻、曾淑美、楊小濱、莊裕安、陳克華、黃燦然、林則良、夏宇等閃耀名字之間，我讀到了王聰威。

我想：這誰？沒聽過。可是跟那些名字列在一起，應該滿厲害的。

彼時我詩齡才兩、三年，亂碰亂寫，土法煉鋼，在BBS上貼出來，認識了一些朋友，也參加文學獎，也投稿，但都不是太熱心。雖然無知，倒也知道這份刊物是重要園地。叫做王聰威的詩人寫了什麼詩呢？記不得了。但我記住了這個名字。

多少年後我居然和叫做王聰威的這個人變成了朋友，他和我一樣來自高雄，是個小說家。但我知道他寫詩。雖然接下來他以小說出名，幫一份老牌文學雜誌大變身，搞得有聲有色，但我知道：他寫詩。當然，這並非秘密，可是，寫詩讀詩可能改寫一個小說家的內裡，有一種抒情細緻的聲色在徘徊，而與其他小說家區分開來。比如駱以軍、瑞蒙・卡佛，都是寫詩的小說家。

我聽過他談詩。通常以開玩笑口吻，說他的偶像是台大哲學系前輩羅智成，寫詩只是為了把妹要帥等等。其實如果談起小說，這人態度是有點不可一世的，怎麼談起詩有點繞路，不大放得開？也許詩比小說更貼近他最奧秘的房間，那些玩笑莫非是為了遮掩他的赧然？

在酒吧鬼混時，叫做王聰威的這個小說家忽然非常平靜地說，「嘿，我今年要出詩集噢」（容我仿用賴明珠版村上口吻）。我當時好像反應非常誇張，整張臉都動搖了（並非整型整壞，不信來捏我鼻子）。等到聰威的太太趕來會合時，他跟太太說了：「我說要出詩集楊佳嫻超震驚。大概是喜極而泣吧。」

（請注意講出這種話來的王聰威已切換到小說家人格）

《微小記號》，小說家王聰威終於揭開詩人底牌。居然能夠讀到「風意外跌入窗／風鈴只好倉皇通知妳／我還未到來」這樣小清新的作品，跟他本人形象不搭，也竟然出現「旅人是霓雲的裝置／驅趕一隊抽象」這類奇想玄思，或許也旁證了常說「我很帥吧」的作者內心深不可測。不過，各位需有心理準備，這部詩集總的來說十分不知節制，節制應該是詩人的美德啊——簡單來說，就是很煩。遍佈全書那些讓人大叫「夠了沒」的情詩，讓人煩卻不讓人膩，以日常寫羅曼史，至深至微處使我想起愛情小說經典格雷安．葛林《愛情的盡頭》，至靠背處卻讓我想把他和他的詩集推下火車。以下試申訴之。

不少篇章是以即將進入小說的態勢寫出來的。〈義大利夜行火車〉裡，丈夫已經忘了新婚旅行全部美景，只記得夜行火車車廂，搖晃，啤酒，上下舖夫妻對話，「這是我最快樂的時候」，因為「從此之後，我不用害怕離開妳了」——這份安心感就是這趟旅行的意義，不是不用害怕「妳離開」，而是不用害怕「離開妳」，我離開的時候不用害怕回來時妳不在，柔情與專斷。〈盼望在妳身邊〉（哎，題目有點老派啊）裡，情侶吵完，仍在加班的女方困在辦公桌前，不無悔意，男方則跌入一種遠方想像中，「月光紮成的小船自雲中航出」，然後他「綁好剛洗好的鞋帶，便出門去了」，乘月光桴，穿越整座城市的霧氣，降臨在她公司樓下，心甘情願準備迎接一頓好罵。〈預約的電話〉裡，預約好晚上通話，各自忙著各自事情的男女，思量著那即將來到的通話的重要性；如此思量，顯然是重要的，重要的不是通話的內容，而是約定帶來重量，讓他們的日常思維有枝可棲。最後，這些詩畢竟沒有變成小說，像停留在窗框邊緣的風，喀喇喇，微微搖撼著我們內心的玻璃。

詩中的執著常常匯聚在極其普通的事情上，正呼應了書名《微小記號》。「把今天想對她說的第一句話用叉子叉來插去／好像這句話很害羞」、「把今天想對她說的第一句話煎來煎去／好像這句話太生」、「把今天想對她說的第一句話用火筷撥來撥去／好像這句話是快熄滅的炭／千萬年前已滅的星」，反覆糾纏〈今天想對她說的第一句話〉裡，讀者都要不耐了，混蛋，第一句話搞不好就是踩到對方鞋子時冒出的對不起噢，有什麼好想的，衝就對了（是要衝去哪裡）；不過，這猶豫、揣想再三，正是楊牧寫過的反話，「為了證明這是幻想不是愛」（〈水田地帶〉），還需要在心思中折返重寫，當然是愛，不是幻想啊。其他詩作如〈妳的對面〉、〈我的對面〉、〈說話〉、〈不想〉、〈怎樣小姐〉等，均滿溢著「怎麼辦啊我在戀愛」的患得患失屢勸不聽感，像盯著一隻針尖上繞圈圈的螞蟻，讓人火大。

《微小記號》裡的詩作，情意壓縮如鐵丸，不能剝，不能嚼，最甜蜜都是湯汁收乾，不是熱油亂濺；詩中充滿了儀式，物件，在意微塵與風色，恆常望向遠方或身處遠方，讓幻想收容耽美。全書分辨出幾種不同風格嘗試，可看作詩人長期累積作品、詩也跟著他的心靈變化長大的蹤跡。能引起讀者劇烈情緒反應的詩都不簡單，能讓人放棄抵抗的詩更不可多得——努力揮開神煩詩作空降我頭上的亂絲，這世界仍充滿了毛絮摘除未盡，一點一點刺激著——沒關係，沒關係是愛情啊。

（本文作者為詩人）

推薦語

聽威學長在我的心中，先是一個台大詩社眾顧問口中的傳奇詩人，後來才成為了文壇都知道的厲害小說家。閱讀這些作品的時候，我好像又回到台大詩文學社／台大現代詩社當年收留我、與單車社共用的小社辦，牆上掛著車胎和齒輪，而手中的讀本文字裡有一些極好的腦袋、極難得的情緒、極稀有的意象在精密運轉——每個字都真心且神聖，或許因為想對最重要最難得的一人說話，所以並不打算讓所有人都明白。隔了多年重讀，這些詩作仍能通往令人嚮往的遠方、並隨時展開漫遊和冒險，非常迷人，非常懷念，也非常感謝。

——詩人、作家　林達陽

彷彿太空總署寄給外星人、向未知文明自我介紹的旅行者唱片般，這本詩集如一片在真空中獨舞的葉子，上頭作滿了微小的記號，呈現著那些困住我們的甜美細節，清晰如祕魯沙漠中的納斯卡線，精緻像戀人真心編造的謊言。

——詩人　徐珮芬

《微小記號》至少有三種聲音在豐富變奏：其一是「檸檬塔砸碎的暮色」，滋味酸甜的少年始終維持著煩惱，不知如何把舌間熟度不明的話語遞出，如同獻上一個不確定的吻。其二是生活透明的深淵，「將頭顱放在車軌之下」，怎樣才能順利閃避霧中練習射擊與涉及的彈弓隊？怎樣才能好好掏出並交換「彼此深藏的彈簧」？其三是人間即興劇場，挪移小說技巧至詩中，編派人物，安排對話，調度場景，戛然而止的尾韻。讀《微小記號》，最觸動心神的往往是那些被捕捉了，卻難以轉述的片段：存在者像一道將被抹去的鉛筆畫痕，在虛實難分的「銀線之陣」留下線條——自然，那便是不需破解、無關拯救的迷宮裡，阿里阿德涅留下的線。

——詩人　孫梓評

感知細膩，節奏明晰；真摯內斂的情感，彷彿熔熔岩漿，因文字的冷卻壓抑而更顯張力。憑藉成熟小說家的創作力與經驗，王聰威完成的第一部詩集果然不負期待。

——詩人　陳育虹

看著王聰威的詩集《微小記號》稿本，花了幾天，慢慢的看。讀到〈霧中彼岸〉這一首的句子：妳是我的歸航／即使／在霧中／也有一鳴清晰的號笛。讀到這裡，我突然了解以前讀王聰威小說，其中那詩味的來源，就是「不說完」的空白……因為「不說完」，所以閱讀的人覺得文本「說不盡」。就語言的使用而言，詩的「精簡寡少」與小說的「洋洋灑灑」，是有本質上不同的。所以我們看一百多年來的諾貝爾文學獎得主，寫小說又善詩者寡乎！但是小說寫得好極了的王聰威以「情節」的「情緒」的美好比率，調配出耐讀、有味的詩。我讀著讀著，速度很慢，帶著愉悅，偶爾停下來，若有所思。讀詩的時候，會忍不住停下來而若有所思的話，那麼，你正在讀的是，一定是好詩。

——詩人、有鹿文化社長　許悔之

目次

序詩

Love of My Life

Don't take it away from me because you don't know what it means to me.

Queen, *Love of My Life*

他不知道我很傷心

用一樣的眼光看我，對我說話

好像世界如常

他不知道我決定放棄
他的世界即將不同
這是愛睡覺的我，唯一能改變某人世界的方式
才不管，這世界對他來說
有什麼我不明白的意義

不想等到，所有事情過去
年老之後才告訴我
他依然愛我

但我不知道他也很傷心

用一樣的眼光看他，對他說話
好像世界如常

我不知道他決定廝守
我的世界便要不同
這是急性子的他，唯一能改變某人世界的方式
才不管，這世界對我而言
差一點就將變得毫無意義

打算等到，所有事情過去
年老之後還能聽我說

我依然愛他

露台上的水瓶

留了個右外野高飛球的空隙，
再來一點點，
她眨眨睫毛的距離。

她愛嘆氣。
好像嘆氣是免費附贈的蕃茄醬。

灰塵寂靜地棲身。
害羞，
紛紛不敢居住漂亮的彎。

未曾的希臘達菲旅店

那裡有扇白色的小小窗子，
妳知道，我也知道。
然後有隻貓。

白色小小窗子下，
有張藍板凳，
妳知道，我也知道。

借來的矮壺裡，
釀泡鮮嫩的四月漿果。

水線湛晴，郵船抵達，
橄欖蛋在爐上焙著。
（我說，昨夜的允諾已在門外信箱歇息。）
（咦？是嗎？妳的眼神如憐惜微風的溫柔帆纜。）
妳知道，我也知道，
思念是埋伏遠方的雨雷。

怎樣小姐

她正認真地盯著電腦螢幕，好像只要不小心眨眼就會爆發核戰似的。

「人長得挺好看的，但就是不太愛笑。」同事A說。

（人家不愛笑，是因為你們講話很難笑吧。）

「嗯嗯，好像不太能開玩笑的樣子。」同事B說。

（沒辦法啊，辦公室笑話通常都很無聊啊！）

「上次打電話去她家，問她去不去年度旅行。」可愛熱心的同事C說，「她劈頭就說了句：『怎樣？』讓人怕怕的……」

（每次年度旅行都辦得那麼爛，妳的確該怕一點……）

「是啊，有次我也碰了個『怎樣』的釘子。」以為自己是第一大情聖的同事D說，「老是這樣，哪有男人敢約她啊！」

（又不是每個人都吃你那套調調，活該！）

「中午吃飯也不懂得約人，老是獨來獨往的。」同事E說，「好難相處噢。」

（吃個飯老是拖拖拉拉的，肚子餓了誰要等你們啊。）

我拿起假裝另一端有人的電話，看著斜對面的她。

有一刻她的眼神碰觸到我的。

她輕巧地攏了攏細細的肩，向我直視。

「怎樣？」她嘴巴微微地張開，無聲地說。

春天的毛衣

也就是秋天的毛衣。
在猶豫間，
繼續穿著，
新割季節無需購物。

秋天的破洞到春天時，
仍然破著，

脱落的線頭發芽，
隨著回暖，一日一日一日一日抽長刪節的回憶。

田園餐廳前的小黑板

草地
滑行鱒魚排
特價早餐
構成過於深
白
在底下
別種想法太多

太傷我的心

不想

我坐在校門口的馬路邊喝柳橙汁，
不想。
去誠品買了agua的筆記本，
不想。
走了很遠的路去圖書館，藏到密集書庫裡讀史，
不想。
繞到金石堂買600字和400字的稿紙，

不想。
然後走很遠的路回家，
回家的路上買了葡萄柚汁，
不想。
還買了紅豆餅，排了好長的隊……
因為很多人沒事總愛一股腦斤斤計較，
紅豆餡甜不甜？
但我也不想這個。
我只是排隊而已，
結果紅豆餅就到我手上了。

紅豆餅到我手上，

不想。

開了門，打開電腦，一邊喝葡萄柚汁，一邊吃紅豆餅，一邊寫信給妳時

也　不想。

說話

關係
像是水黽的足痕
繁音的拍子
輕快地聚集
即使是說了
也委婉的像是　冥王星與圓周率的距離

沉默的愛情

太多的鐵蒺藜
太多　詩
能言度　零
太過擠兌的金塊

今天想對她說的第一句話

草草起床
手沖一杯咖啡
空空的白盤子
把今天想對她說的第一句話用叉子叉來叉去
好像這句話很害羞

沙發感到寂寞，地毯感到寂寞

感到不諒解，鐵鍋如褪去沙的穴底般沉默
把今天想對她說的第一句話煎來煎去
好像這句話太生

嘗過蜜淌的擁抱，刀槍列陣的親吻
被餵養以哀傷的毒發，長途巴士上哭餓肚子
所以早習慣自己的樣子
習慣快樂
習慣是大人
習慣被依賴
習慣瞧不起別人，也擅長奉承

習慣對眾人侃侃而談
卻無法安慰一個愛哭鬼
習慣熬乾的言語
而她的浸滿酒釀

沒有資格說自己寂寞
沒有資格要求被愛
沒有資格脆弱
只能用許多的話去料理今天想對她說的第一句話
醃漬，沾粉勾芡，好像這句話太淡

習慣什麼都很容易
習慣聳聳肩隨便
習慣睡寬大的床
卻無法做真心的夢
草草睡著
把今天想對她說的第一句話用火筷撥來撥去
好像這句話是將熄的炭
千萬年前已滅的星

徒手

是無以為繼的周日傍晚，
小學生收起球棒和笑容，
紛紛回家被功課痛揍一頓。

黃昏從早晨起床便長出黴絲。
所有人感到傷心，宿命地，
「這一天，從來不是今天，
而總是明天。」

唯有他，
喜歡檸檬塔砸碎的暮色，
十指在空氣中，撫擦妳的臉龐，
妳耳際的微風細髮是幼小鎌鼬，
令他的指腹愉悅刃裂。

那麼總是明天，
他便有足夠的信誓旦旦
對妳展示，
徒手穿越思念的荒境。

近的距離

眼
謫居
水邊

指甲
輕摳妳
的肩脊

毛
的毛
掠
走
妳的
小呢
帽

北宜線

我們有幾次在邊緣之上
處理弧形的彈跳
北宜線
將頭顱放在車軌之下

她是一名胸襟寬大的冷眼旁觀者
蘭陽平原的海

是吾人所見者
最溫柔殘酷的一個
北宜線飄蕩的冥紙
像是我們
悅然揮拂的嬉戲
也使她如同
一位輕呵幼孩至深淵的母親

相見的藉口

「晚上能跟我一起吃個飯嗎？」

「為什麼？」電影中的女主角說，「這算是個約會嗎？」

「不，只是不忍心讓妳一個人吃飯。」男主角說，「孤單一人吃飯，胃會不舒服。」

「等一下要不要一起吃個飯？」

「我六點多就吃過了。」現實生活中的女主角說，「好飽。」

「那，要不要喝杯咖啡呢？」我說，「你們公司附近有家好喝的咖啡館呢！」

「吃完飯後已經喝咖啡了。」她說，「我一天不能喝超過一杯，不然晚上會睡不著。」

我掛上電話，拿起外套，離開公司去搭捷運回家。

在車上，我想著她真是一板一眼的人啊，我只是想見她一面。

非常想見她一面。

但是她這麼一板一眼地回答，只好放棄了。

我想著她喜歡的電影裡的相見的藉口。

要想出這麼棒的藉口，還真是難啊！

畢竟要在電影裡才說得出口吧。

手機響了，我按了接聽鈕。

「明天晚上要不要一起吃飯？」現實中的女主角什麼藉口也沒有地說。

「好。」我說。

妳的對面

一整天，
你走了遙遠而不值得的路，
才來到我的對面。

我拿出短尺丈量，
計較幾公分的距離：
「雖然是對面沒錯，但卻是斷崖。」

我的對面

我走了遙遠的迂迴，
才來到妳的對面。
妳拿出短尺丈量，
計較幾公分的距離：
「還不到對面。」

我伸手便能摘下妳的口罩，

看見白磁缸裡的一尾紅金魚，
或者妳將騙我，
那是籬笆後禁制的黑羊。

城市女郎之調

爵士樂曲的燈光之街
在巨大的堡壘中橫縱排列
航空燈亮了
整座城市正要上升

她們以化妝品專櫃的姿態來臨
彷若探險隊進入熱帶叢林的

青春之泉的地域

一種象徵

一種

只能在色光與影之迷宮內才能做的遊戲

她們喜歡在其中打彈珠與跳格子

所以

請吟唱這調子

城市女郎之調

且　和飛行船

一同遨遊
往日戰爭的城市

所謂

「敘述的範圍
由此處可達的該座油氣鑽探井開始
至有錯誤稱謂作抬頭的來信為結束
中間是生長於熱氣球上的眼睛所俯視的軌道」

所謂　無遠弗屆的意象
女孩子浴室的秘密談話

有點　　此起
彼落
有點
然而的冷溫帶

淡季

整座城市是淡季。

每一街道的水湄，
閃動魚群拍尾的聲音，如簾幕的下降。
離去行人的薄的足影子，在彷若鹽田的赤漠廣場，
綻放寂寞而輕微發炎的花。

那是世界僅有的安慰。

其餘的圓桌與長腳椅，綁了浮標，逕自去無人關心的旅程或什麼的，

總之，遠離我。

路上的人們是一支委屈不已的彈弓隊，朝霧中，練習射擊。

預約的電話

k says：今天晚上能打電話給妳嗎？

c says：OK

傍晚，他們在msn上寫完了這兩句訊息之後，便分別下線，忙著各自的事情。

她從公司離開，去東區採訪一個大明星。

大明星戴著墨鏡，隨興地愛說啥便說啥。
七點鐘，她結束採訪，在巷子底的關東煮小攤放鬆一整天酸痛的腳。
但是他晚上要跟她說什麼重要的事情嗎？
她嘴裡咬著蒟蒻，腦子想不出來。
他們之間有什麼事情，需要一通事先預約的電話？

他則在一片搬家的混亂之中，辦公室要從六樓搬到四樓。
時間只有兩個小時，是請了風水師看的好時辰。
七點十五分，魚缸的過濾器嗡嗡地啟動，盆栽終於抵達正確方位，
但是他晚上要跟她說什麼重要的事情嗎？
他手上提著澆水壺，腦子想不出來。

他們之間有什麼事情，需要一通事先預約的電話？

午夜，十二點幾分。

她洗好澡，擦乾頭髮，準備睡美容覺了。

他再次確認她的電話號碼。

然後，

「喂。」

「喂。」

狂野之東

一輛傾倒的嬰兒車
成熟葡萄藤架下的午后
某段飛翔的峽谷
一尾寶藍色的魚

橫越緊急的嶺脊線
在深潭的平面咳傷
由於喜歡拉扯蕭瑟的衣物

所以此村總是只寫
悲傷的符號

旅人是霓雲的裝置
驅趕一隊抽象
築起緩緩的一井火
每個人都提取所需的溫度和光亮
並且交換彼此深藏的彈簧

繳付生命的季節到了
請來沿門遞送長刀……

橘子

今天的早餐是煮肉湯。
隨手捲了插在報紙匣裡的舊詩稿去拍打從焦紅的爐柵間灑出來的火星
也，一餌一餌地
　　　　釣魚了。
　　　　　　對你，

什麼秘密也沒有。

窗邊讀信

她便站在窗邊，
拆下鴿腳信簡。
於心中朗讀，一天的俯視，
樹尖的葉，
上升的河光。

隨手寫就的結尾，

傾刻朝彼處出發，

當時霧氣朦紅，
櫺框浮動，
舌微微地曲卷。

莫名的愛戀

在深夜裡接到一通電話
我說「喂，」
她說
「關於缺乏雙向溝通的事件
像一根頂端枯黃的蔓藤
即使仍帶著一朵夏日」

「事實上並不責怪的
如果能先學習辯證法的功用就好了
喜歡漠地卻是因著綠洲
飛行僅是為了降落」
「幾年前錯過一群小島
最後在新大陸的礁岸間毀滅
當船長的實在不該太迷信希望」

「妳是誰?」我說

嘟・嘟・嘟・

讓我從雪夜裡帶一個聲響給妳

是一次特意的旅行
讓我從雪夜裡帶一個聲響給妳

沒有湖水的湖
只空留一個形狀
懸在
我的心房

小旅店的缺點在於
它的容易到達和四周
優美的天氣
於是有人持一束花來但妳說：
「我已心有所屬」
所以請讓我從雪夜裡帶一個聲響給妳……

蛋包飯男友

這是家專賣蛋包飯的小店。

一樓有個窄小櫃台和廚房。二樓讓客人用餐，也只有五組淡綠色的，像是給小學生坐的木頭桌椅。

窗上掛著透明的貝殼風鈴。

搭配120元蛋包飯套餐的主食有肉餅、豬排、雞排、蝦排可選，另外有70元的附餐飲料、飛機小餅干和百香果風味的椰果點心。

她向來只點肉餅，而七年前的第一任男友點了雞排。
兩年前的第二任男友點了豬排。
半年前的第三任男友點了蝦排。

他看著菜單，心中猶豫不知道該選哪個主食。
「有什麼推薦嗎？」他問。
「別選蝦排。」她說，「這是最不好吃的。」
「那雞排好了。」
「如果要點雞排的話，不如點豬排好了。肉比較嫩。」
「嗯，那我來份豬排吧。」

「不過肉餅才是這兒的招牌菜噢。」她說，「我要一份肉餅。」

兩人的餐點一齊送上來，擠滿狹小的桌面。

但就在他要叉下第一塊豬排時，

「我現在想吃豬排。」她說，「來交換。」

於是，他吃了她的肉餅。

徒步旅行的時間感

供奉用鉗子撬卸除雪機火星塞的緩慢聖職
目的是標明的福音派
手段也確實很靈恩派
但心態是橘黃色的
不合時宜
僅適合閱讀
不是經書的

不裝在鑲金唐草紋的
厚紙片裡的
平版書

排除過多的專業性日常生活也有神
蹟可以謄錄於日記例如熨
斗是諾亞方舟加上寶特瓶裡的黃金
葛露水驅離一切騎
牆派一切清教人士的邪念

山不來則我們前去讓所有崩潰此處到彼方的意念回歸各自的修女院我們

徹底鍛鍊心習作難辨認的花體字夜間則秉燭鬥殺畸形人然後打開銅鑄柚
木大門作房地產生意光四格四格地灑三　格　三格地灑二　格　二　格
地灑一格一格地灑記述數字的數法

數兩次

然後收起來放進壁櫥暗層裡
下一次再數

戀愛的時機

我們一起安排了兩人的旅行。

約在清晨的火車站見面，準備啟程前往遙遠的東方小鎮。

她姍姍來遲了，眼看火車便要離站，顯然不是好時機。我想。

上了火車，她吃完飯糰便開始讀新買的白色小說。

我想，這時間好像也不太恰當。

她那麼地專注，有著令人不忍打擾的側臉。

但，哪有那麼好看的小說呢？

午后，民宿的老闆娘來車站接我們。
我們將行李交給她之後，便沿著小鎮唯一一條小街做長長的散步。
她的腳步總比我的快上0.75步。
看著她側身3/4的削瘦背影，我想，這時刻太倉促了點。

直到傍晚，她躺在花瓜藤架下的吊床，
懷上白色小說。
「好涼的風呢。」她說，「可以就這樣睡著吧？」
「只穿了件背心會感冒吧？」

她難得露出舒服的微笑，所以我想，這時也不宜打岔吧？

她在房間裡睡了。

將拼布被子拉到輕抿的嘴邊，眼皮服貼著。

屋外的星子幾乎只要一翻身便會碰落滿地。

我與她只離了兩個鼻尖的距離。

也許，現在是個好時機了吧？我想。

她忽然睜開眼，

眼裡有著哀傷的回答。

蜿蜒

忍耐著，
帶點心悸地，
像擁擠的維管束般，
那樣，不自在。
於是假裝，
自己是遊樂場裡，猜拳贏來的仙女棒，
身上浮著，棉花糖氣質的火焰，

於你的頸旁雀躍一如馬蒂斯地舞蹈，
（然而最終也不得不散為貧瘠的稻草灰與蟬殼於廣大的荒地上粉碎消失）
但也許，原來我的心就只是冷凍蠟燭中的，
芯。
有著，不得伸張的，
柔軟。

故事的記述

列車起點
一座漂浮的小鎮足球場
直至
細細的一件戰事
空中的窗
坍方的單身公寓

足踝環繫的線
深夜欄杆旁的花傘
行人在雨中稀釋

許多投擲都結束了
僅留給一位乘客
虹上少見的芒草　及
三翼機的斑痕
在臉上落成一幅延冬的景象
「再也不願一個人孤獨……」

田園抒情

我的心扉緊閉：檸檬汁，與藍色露水邊境。
試試馬頭傀儡的拉線，
朝玻璃瓶投新吸管。
摘下　憋嘴角，
放風箏。

倘若一件令我扭捏的預言實現了那時，

灰毛種子叮叮地灑遍妳肥厚的下唇在齒縫間，
搖曳初長的細芽。

「想像，
歸鄉之際，
敲打石子和妳的頭殼，慶祝。」
但此刻只能等待，
彎彎的日光，（沾滿甜酸味的）
劃破邊境。

情詩寫作練習

1．強迫你的思念保持清醒。

2．用鐵鍊、膠帶、麻繩和鉛錘面目全非地綑綁，使其發出摩擦膨脹汽球的吱吱叫聲。

3．丟在後車廂，開往意識底處。

4．挖一個又深又黑的完美的洞，重重推下去，覆蓋潮濕溫暖的土活埋。

5．回家將手和心洗到快破掉，然後準時去上班，比昨天更認真吃飯。

6．請確定只有你知道此事，而且每次都要這樣做才會熟練。

7．無辜的她不該被牽連。

迷失

與妳相見
每次
迷失於一片尖銳風景
削去重重感官
只說過度修飾的言語

往常

持火降入崎嶇多瘤的井洞
磁線密佈　電徑交織
一路燒化沼氣
鈍重前行

亦曾人潮間歇散去
列車似泉水空蕩
乘夢浮穿妳的
偶然觸碰輕巧呼吸遲疑皺眉忽然白眼所凝結的
雲層
醒時大黑封閉

與妳相見
之後
從指甲開始檢查
尖銳風景中裂碎的自己
是否拼回

霧中彼岸

妳是我的彼岸
即使
在霧中
也有一曲涉水的谿徑
不遠處
彩色汽船優雅地拖曳太空的流蘇

自妳的靈感

妳是我的歸航

即使

在霧中

也有一鳴清晰的號笛

盼望在妳身邊

前幾天她對他發了一頓脾氣！

「怎麼會這麼不懂事呢？」

發完脾氣甩掉電話之後，她的頭殼頂冒出無限多的問號。

「又不是不知道這段時間我會特別忙，還像小孩子一樣胡鬧？」

何況兩人還是同行，怎麼那麼不體貼呢？

一直嚷嚷著要見面要見面的，裝出一副可憐兮兮的模樣……

「可惡！」她在心裡大叫著，「都幾點了，我還在加班呢！」

他聽見電話切掉的聲音時，窗外如長河潰堤般的大雨止歇了。

月光紮成的小船自雲中航出，循星座無意的虛線降落至遠方海洋。

他自他的窗櫺，（有一盞風車的那扇。）向遠方海洋望去，一片霧色迷濛低沿，如在光滑的鏡上呼氣。

他綁好剛洗好的鞋帶，便出門去了。

「怎麼會這麼不懂事呢？」

她猛盯著電腦螢幕，指甲纖細的指頭不住地敲著鍵盤。

「都過了十一分鐘了，還不打電話來道歉。」她在心裡大叫，「怎麼這麼小孩子脾氣呢？」

她困惑地看著電話機。

「又不是不知道這段時間我特別忙，口氣就會變成這樣。」

「可惡！」

「盼望在妳身邊。」

當他在她的公司樓下，而她正準備下樓來罵他一頓時，

他這麼想。

夜晚在森林裡寫的短稿子

心中有椿小小的地震——
如果妳曾走過高空的鋼索
恰巧
聽見一件好消息
窸窸窣窣地從懸崖背面爬起
假裝刻意地張望著

在哪裡呢？
我們互相詢問
「什 麼 東 西 在 哪 裡 ？」
月亮游泳的山谷回答著
遂收拾了一些雜物
悄悄地繞著彎走了……

通知

風意外跌入窗，
風鈴只好倉皇通知妳，
我還未到來。

拼圖

起初，帆桅如歇止的芭蕾
於孤獨的白色峽灣
兀自等待
四處風信捎來
一格格蜿蜒的靈感
為我展開海，展開天際
（無需羅盤及舵）

航向與妳相遇的目的

在妳那處落下的雨

在我這處雨落下了，
我摸了頸子，
鰓開始成形。

沿午后雲圖的最低線，
蓮漪怯生滋長。
我等待雨絲勉強相連，

揮動新鰭出發。

但是在妳那處，
雨是否已經落下？
我恐懼，
晴天將阻隔我們。

蘿拉舊歌曲

半島如餅，潮浪似蟻，
湧蜜之月，尖頭鼠。

嘟嘟老火車，
嘶嘶紅鼻子。
滴答滴答　　腳底
吻，啟示。

誓約。

緊緊地，紮住

尾指。

割絞。

生日蛋糕計畫

她偶然發現了過世的祖母留下來的蛋糕食譜。

從材料和做法看起來，似乎是普通的奶油蛋糕，真不曉得這有什麼好寫下來的。

她在電話裡頭跟相隔2000公里外的他說了這件事，還唸了食譜給他聽。

「聽起來確實沒什麼特別的。」他說。

「連你也會做吧。」她說。

「也許妳祖母就是不擅長做甜點？」

「不會喔。」她說，「她的甜點可好吃的。」

「嗯，好吧。」

「嗯，那我自己去買一個白木屋的來吃噢……」她說，「你今年又不能回來陪我過生日了嗎？」

「是啊。」他說，「對不起，得工作。」

「是30歲的生日呢。」

「對不起。」

「嗯，那也沒辦法。」

隔天傍晚，她的門鈴響了。

宅急便送來一個小心冷藏的蛋糕。

她看著送貨單上的寄件人地址，打開包裝，直接用手挖了一塊蛋糕放進嘴裡。

祖母的奶油蛋糕果然是世界上最好吃的。

在遠處

纜車軌道消失
背光含糊
緩慢的曲軸任意　劇烈搖晃
星域核中心搖
晃讓她崩裂景色完全是新的
而且遠

白光

「五官都充滿了水。身體在膨脹，眼前是一片白光。白光。呼吸還正常。正常？四肢軟化了。腦子，腦子怎麼了。是什麼在重疊。我為什麼往上漂。光變得更強了。」

——大不列顛，馬根地上校，《單座——一位皇家魚雷機飛行員回憶錄》，1957

我認識的K是個職業傭兵。大學三年級休學去北非，加入法屬阿爾及利亞傭兵團，專門教當地年輕人用便宜的威士忌炸大使館。最近在「納爾遜將軍聯合紀念艦隊」當槍帆士官長。納爾遜將軍聯合紀念艦隊是NATO支持的一支傭兵艦隊，標準戰鬥序列為：

艦隊總司令：C.A.施普頓少將（旗艦：護航航空母艦領域號）

第一航空戰隊：護航航空母艦領域號、護衛艦著眼點號、皇家文獻室號、快速補給艦情感現象號。

第二航空戰隊：護航航空母艦定律號、護衛艦相對主義號、觀念號。

第三驅逐戰隊：驅逐艦相關物號、推理號、懷疑號。護航驅逐艦89描述號、明察號、明証號、命題性號、模糊性號、內涵號。

K在相關物號上服役，那是艘安斯培級飛彈驅逐艦，性能諸元為：

全長：171.6公尺

滿載排水量：8300噸

航速：33節

乘員：338員
武裝資料：TSE36攻艦飛彈發射器八座
聯合標準型對空飛彈發射器二座
波音反潛魚雷連裝發射管二座
舊部落式深水炸彈投放器二座
127mm單裝砲二座
巴坎法蘭克斯近迫砲防衛系統
全靈式ECM／ESM（電子反制／電子支援）防空系統。
艦載機：超級海妖式反潛／救難直昇機二架。

六年前，車臣內戰最激烈的時候，NATO想藉援助車臣名義測試一下俄國海軍的實力，但由於聯合國維和部隊與NATO正規軍不便介入，於是就命令納爾遜將軍聯合紀念艦隊在巴倫支海演習，並向俄國海軍挑釁。在短暫而激烈的半小時戰鬥中，相關物號被俄軍YAK-36攻擊機的對艦飛彈擊中，飛彈命中左船舷的那一瞬間，K正透過舷艙窗望著火光燦爛的天空，不知怎麼想起了去夏的巴黎煙火，他在香榭大道的富蓋咖啡館裡，從櫥窗往外看，爆炸撕裂了艦身，K被摔飛到巴倫支海裡頭去，他想這下子可完蛋了，這兒的海水只要四秒鐘就能讓一頭牛失溫死掉。

眼睛原本是緊閉等死的，但當水完全漫過頭頂時，卻被凍得睜開來，K發現自己身在一間白室之中，因為連躺的地方都太白了，所以一時之間他還以為自己仍沉在白色的水底，有人走進來圍著K，伸手摸了他的頭和肚子。他們穿著像是十九世紀末北極探險隊員的皮毛大衣，K猜想自己受了相當嚴重的傷，內臟一定差不多都震碎了，混在一起像是牛雜湯，身體外表也應該被鋼鐵破片割得非常花，但是不知道為什麼，他只在白室裡休息了一天，傷口便幾乎好了，足足昏迷兩個星期之後，K在挪威奧斯陸的醫院裡恢復意識，據說他被划捕鯨小艇來看熱鬧的通古斯人（Toungouze）撈起來，載到他們的村子救活，再由俄國人送回艦隊。

內臟既沒什麼問題，身體也沒有碎片割過的痕跡，大概只是因為在冷水裡泡太久，意識喪失，腦子稍稍脫離了真實感而已。（如果硬要追問K所謂的真實感是什麼？他會說，如果無論如何想知道實況，可以讀讀馮內果寫的關於德勒斯登大轟炸的書。）後來，K寫了封信去通古斯人的村子感謝他們的幫助，通古斯人則回贈了一床白色的海豹皮。

海洋之旅

主帆卸下了，我的愛
廚子熄了爐子
我的愛
想親親妳的肩帶
郵船在曼紐英海峽送來妳的信
我的愛

當夜晚來臨
藉著舷邊的螢火
守靈般閱讀
並想念妳的肩帶

像一個掘屍者，我的愛
在紙面挖掘
檢索
細察意義的骨架
想親親妳的肩帶，我的愛

願逆戟鯨吞滅我之後
也吞滅妳

一直

那樣的
若無浴巾與
蔬菜
成天患了
偏執狂

雨夜的遙遠盡頭

去唐寧街十號
喝藍山
結果
一直在經痛
一直在說對不起
關於我的
以內
以外
是你的

閱讀

這邊
剪了新髮型
那邊
正在炫耀新叉子

沒有空玩結繩
織毛衣也不行

完全的
書夾指示
星球航線

聖地之旅

整個旅程像一塊安靜的岩
駱駝隊滅亡　一切的水瓶皆渴裂

妳的裸體
妳的一顰一笑
不會有十字軍保護

事不關土耳其族

緘默

她選擇在我的面前保持緘默，
那時，如芒草割花天色般的模糊。

然而她的髮腳卻如此清晰，
一絲絲滑掠土耳其綠的耳飾，
如傷害。

傷害向來如蟻群躡行，
如此接近緘默。

午后（至傍晚）

牆
驟樂的花
瓦楞紙迷走探頭的皆帶刺
區隔
哀抿雲踮腳以及我如何搓手
我這麼說她也如此愉　悅
長哨子收攏焉然　陰霾的
翅

結婚附贈的房屋廣告

最佳地段就在誰家的巷口隨便，
交通暢快，只是有時會讓汽機車堵住，
但有心想爬，確實爬得過來。

三根手指才能夾住的高品質老窯紅磚塊，
建築比安藤忠雄清水混凝土，
更詩意婉轉的極簡主義空間：

這裡是廚房，那裡是客廳，右轉是只准擁抱入眠的臥室，
左轉的角落，專門用來給你向我說對不起。

景觀小徑從雲絲邊延伸，連接得坐噴射機去弄彎的天際線，
越過樹梢陽光蹺腳的尖端，自白牆攀爬降落，
穿進藍色木窗裡，繞上月色屋簷迷路後，
出了門口就隨意亂長，長到大學的椰子樹下，長到一個人也沒
火也沒小說、現代詩和散文也沒的荒島，
長到宇宙公園預定地的那一端去，保證依然擁有沒完沒了的牽手散步。

24小時專人完善管理，100年以上增值潛力無窮，

原本，席次便是如此珍稀唯一，
連預售時就來排隊的，也排不上。
但因為是你的緣故，
（但因為是妳的緣故）
除了附贈自訂紀念節日數種請按規定慶祝之外，
索性，
連我的一生和以下六個輩子，也一併奉送。

舊情人的婚禮

我在家裡的椅子上坐著。
前面有張桌子，再前面有張矮凳，上頭放了台電視。
電視上有盆鐵線蕨和一只錶。
椅子很硬，光滑的木頭，相當硬。
我坐著，然後隔著桌子，看向矮凳和電視。
和鐵線蕨，和錶。

我不舒服地坐著，忍受桌子隔開矮凳、電視，和鐵線蕨和那只錶。

我坐在椅子上，中間是個桌子，然後再前方是鐵線蕨和錶，

底下是電視與矮凳。

電視的上頭有錶和鐵線蕨，下頭有矮凳，越過桌子以後，是椅子，

上面坐了我。

我看向桌子以後，越過去，便是錶和鐵線蕨，以及電視以及矮凳。

桌子的左邊是椅子和我，右邊是矮凳、電視、鐵線蕨、錶。

右邊是我和椅子，左邊是矮凳、電視、鐵線蕨、錶。

前面是我坐在椅子上，而後面放了鐵線蕨和錶在電視上。

電視則放在矮凳上。

在後面的地方是我壓著椅子，前面是電視頂了錶和鐵線蕨。

矮凳則頂了電視和錶和鐵線蕨。

我不懂？

妳就這麼狠心放任我和極簡主義在一起，和別人結婚了。

如果我必須忍受極簡主義，為什麼我不能娶妳呢？

我是妳的倒影

我是妳的倒影。
當妳凝視，我的時候，
我也不得不凝視妳。當妳伸手觸摸，
我的時候，
我也能觸摸妳。但
妳的手一旦真的
觸摸我，我的身軀

就會　為之散裂。
所以，
我總是，期待不已。

微小記號

偶然將水杯端起角度30度的一瞬間
可以看見，外底浮凸一行微小記號：made in Spain
如一段深海水母的螢光基因

「因為這是個水手的夜鐵路的夜爵士樂手的夜白月的夜
印加帝國的夜烤芋泥的夜生火腿的夜黑膠唱片的夜
鈑金的夜

女伶的夜紅色敞篷的夜威士忌的夜佛朗明哥吉他的夜
背上插滿長劍的鬥牛的夜真空管的夜快艇的夜低音大提琴的夜香菸的夜
打字機的夜
冷凍橘子汁的夜偵探的夜畢卡索的夜硬漢的夜
藍調的夜足球的夜共和國輓歌的夜喔
所以，我反覆在心中詢問妳在這麼好玩的夜裡是否前來？」

杯裡的水輕輕地搖晃、波動著
光影粼巡，那一瞬間想起她
是傾向她的

縱使許多事情並不了解或假裝有些了解
但終歸是傾向她的
無論如何蜿蜒交錯，的確是傾向傾向　傾向她

Bossa Nova夜降臨

他很擔心，黃昏歸來的海鷗們會撞上這一大片落地窗。儘管已經過了兩整年又三個月了，從來也沒有一隻海鷗這麼不幸地撞上來，他仍然克制不了這個緊張兮兮的想法。

「不會啦。」第一次見面的時候，她將漢堡端給他，取走號碼牌，「每個坐在窗邊的客人都會這麼覺得，海鷗好像近得要撲上來似的，但其實不會啦。」

這實在怪不得客人吧，窗外便是港了，郵輪的桅杆幾乎就要從鼻尖掠過，海鷗毫無顧忌地在多彩的信號旗與繩網之間穿梭。朝下望，他能看見小小的水手們正努力地刷洗甲板，上頭發出一灘灘水漬的微小閃光，此起彼落的，好像在向天空傳送某種訊號似的……

「呼叫呼叫，今夜摩斯外的廣場有Bossa Nova的音樂會，聽說João Gilberto會來噢，over。」

從第一次見面之後，他就決定要和她談戀愛了。但是想和她談戀愛的人，當然不只有他一個。每天，到了她的晚班時刻，所有的男人都只願排隊跟她點餐，就算是店經理出來拜託大家也沒有用。不過，為了不對她造成困擾，男人懂得乖乖地報上要點的東西，便不再多說話。有點忸捏不安地站著，等著聽她報出一串餐點的名稱和結帳數字，就如同她特別為自己朗誦一首情詩，一段只向自己傾訴的呢喃。

她就像是隻珍貴的獨角鯨，男人一夜又一夜地守衛著她。直到有一天，滋長惡意的謠言從她就讀的高中音樂實驗班，漫傳至港的角落。男人一個接著一個相信了，於是紛紛離開座位，把國稅局寄來的補稅單燒掉，逃到遠方的島上做國際貿易。

「呼叫呼叫，今夜摩斯外的廣場有Bossa Nova的音樂會，你認識Vinicius de Moraes嗎？over。」

那天，她下了班，扶著大提琴，在廣場邊緣等待回家的巴士。她如此哀傷，像是還沒成熟的脆弱蟲蛹，在車子來到之前，面無表情，不發一語地等待著。那時候，她冷漠的表情，令人懷疑大提琴盒裡到底裝的是什麼，即使打開來是顆大號的化學炸彈也不足為奇。

那是他最後一次看見她。她再也沒回來。

他則接了一家新報紙的戰地記者工作，跑去某個小島採訪許多人聽都沒聽過的潮汐戰爭。去了一年多，也沒跟任何人聯絡過半次，幾個朋友還以為他殉職了，在他的閣樓裡哭了一陣子。

當然不會有什麼事的。他的「戰地記者」只是名頭好聽，好像身在前線非常危險的樣子，其實人是住在四星級的飯店裡，一面喝熱帶雞尾酒，一面用寬頻網路傳稿子給報社。下午四點以後，就不再工作，盡情地在游泳池裡游泳、看書、聽音樂。一星期剪兩次頭髮，洗三次三溫暖。

「呼叫呼叫，今夜摩斯外的廣場有Bossa Nova的音樂會。我希望能聽到Dorival Caymmi的Rosa Morena（褐膚女子荷莎）。你呢？你想聽哪首歌呢？over。」

郵輪離開了落地窗的視線，港一時之間空蕩蕩的。遠遠地，一艘機動小汽船正慢吞吞地橫越平靜的港面，直駛而來。他逐漸看清楚了，船上站著四個拎著大小樂器的樂手，各自抓緊呢帽和飛舞的卡其大衣。忽然間，小汽船旗杆上的掛燈亮了。幾架飛艇依序落下，滑入碼頭，發動機卡卡卡地熄火。

一位剛下艇的上尉舊識看見他，朝他揮揮手，比了比手勢要他到廣場。

他誇張地做出等著吃漢堡的動作。上尉又用力地比了兩次，然後聳聳肩走了。

「音樂會不是快開始了嗎？」她送了餐點來，「不外帶嗎？」

他不說話，只盯著她輕輕地搖搖頭。

「呼叫呼叫，摩斯外廣場的Bossa Nova夜已降臨了噢。over。」她微笑，緩緩地說。

雙人旅行時拍攝的照片

之前，便走過來，在牆前，

「這裡好嗎？」

「好。」

「那邊要一起拍進去喔。」妳向那邊擺擺手。

但是有點距離，從這邊拍很勉強。

「如果用比喻的話，可以。」

「光用比喻不行，一定要實際拍進去喔。」

兩人移了一下。

然後妳看著我。

有人讀著航空郵件，有人去草原驅趕綿羊，

有人正裝置定時炸彈，有人在地下鐵等待旅途。

之後，便走過來，在牆前，

「那邊，一定要拍進去喔。」

「好！」

然後我看著妳。

問我問題

問我問題，
無論什麼問題，
我將為妳解答。

即便，
舌芒已是涸乾的蠕蟲，
齒壁龜裂。

因為夜茶如刀，
等待割殺我嘎然靜默的喉。

所以，請問我問題，
不要停止，
問我問題。

送行

太擠的關係
腳彼此踩來踩去
互相道歉

我期盼
事情就這樣諒解了便好
我相信你也一定是這麼想的

但是太擠了

我說踮上腳　空間大點
你擔心姿勢太怪不肯照做
乾脆離地算了少佔點位置

但事情就這樣諒解了便好
我相信你也一定這麼想

to

[tu]prep. 1．向某一方向。她隨手寫完信簡的結尾，傾刻之間，便朝向下一座小鎮的方向出發。她將去投遞那封信簡。2．（動作或行為、態度的對象）對……。那信簡將對他投遞，無論他如何感想或婉拒，無論她未來的一日，是否後悔。3．迄（某範圍或限度）。他會在火爐旁朗讀（她想像），信簡的首頁內容，寫著自森林每一樹尖的葉，迄至粼粼上升的河光，那是她從閣樓房間窗口，所展開的一天的俯視。4．致成某種狀態。在第二頁上，她試著想寫成毫不在乎他的心思的狀態，於是換了支缺水

的鵝毛筆，凡是關鍵的詞語，一律裂帛般地飛白。5．為了。為了不讓他覺得已然絕望，她拖拖拉拉到了第四頁，終於肯以細長纖柔的指頭，撫平信簡的乖張紋路，讓微小的意義能夠緩慢滲透。6．比。不過她的心中早有預謀，（難道他真的值得信任嗎？）倘若他認為1 : 1,000,000的意義濃度是如此無濟於事，她便會立刻停止爭辯。7．適合。他不適合她。8．屬於。他也許終究會屬於她的，但不適合她。9．加於。如果勉強的話，她勢必會加傷害於他。10．關於。關於那樣的事，她是如此熟練。11．表示（組成某單位之）數目或數量。好不容易寫完四頁，她向來以五頁組成一封信簡，便開始想結尾的寫法。12．表示相對位置。「我在影的破碎之處，而你在光的折縫之中……」13．在……之前。這麼寫也許太過委婉，何況信簡已不足夠，但在該死的譬喻用光之前，她不打算輕易地種下結語。14．位於……。傍晚，她抵達了。郵筒位於下一座小鎮的咖啡館前。15．在一些被動式句中代替by的用法。忽然間，她被猶豫捕獲，她懷疑起隨手寫就的結尾寫了些什麼？16．因……而引起（某種感情）。因此她感到強迫性的，想要數一遍信箭的頁數，確定那結尾是否落在第五頁。17．對……而言。對她而言，再沒有比形式正確更重要的事情了，即使戀愛也該屈服。18．與動詞原形連用而構成不定詞。他喜歡讀她的信箭。adv. 達於尋常或所要求的狀態。他坐在火爐旁，挑上燈，小心翼翼地切開封泥家徽，讀她的信。當時，屋外的霧氣瀰漫臊紅，屋內的櫺框浮動，他的舌頭微微地曲捲……

小貓

從胃底，
把自己吐出來，
並對我炫耀。

他喜歡吃的菜

剛開始交往的時候，他看起來總是拘謹有禮的。但也實在是太過執著於某種脾氣，我們時常面對著面，一句話也說不出口地任由時光流逝。

他是什麼樣子的人，我非常清楚，當我愛上他的那一刻，他的一切彷彿就像舊日時時溫習的照片一般，對我來說再熟悉也不過了。在某個遙遠的時代，即便我倆從未真正參與過對方的生活，但那原來需要花大量時間克服的陌生感幾乎不存在，當他站在我的身邊凝視著我，就像他早已凝視了一段連人魚也足以遺忘過去的長久時間。

然而，我越來越懷疑他是否知道我是什麼樣的人。當我們面對面一句話也說不出口地任由時光流逝時，他大概不知道我是如此急切地想說些什麼，想告訴他三分鐘前發生的事情，一小時前發生的事情，以及十幾年前發生的事情，也許。最後，有那麼一天，我們在一家暖暖的舒服的燒肉店咬著烤肉，我問了一個內心迫切想知道的問題。如同以往，他正喝著心愛的生啤酒，眼睛盯著剛炸好的竹筴魚。「你喜歡吃什麼樣的菜呢？」我說。其實，沒有說出口的話是：「喂！你說出來，我會煮給你吃喲，但是你要說出口才行喔。」

他微微地側著頭看我，一臉不解的樣子，好像這個問題非常不合時宜。

伏流

什麼都放棄掉，不想，
寬廣地流。

即使有目的，也不為人知地，
於摒息痴守的鐘乳間，虛意浸繞。

但蝕刻如此痛冽，

大淚紛落。

黑黯坍陷，她傾望，

（炫耀初剪的瀏海）

彷彿懼怕見底。

冬

枝椏空隙落光之下
全圓形中心
著透明水瓶之衣
琉璃外沿之聲

風架之上
以刃相疊之刀築

銀線之陣
已形
與我往深林之底奔逃

冬日的早晨的病房

有人把她從我身邊硬生生奪走
我的　冬日的
早晨的病房

那不是我終日追求的結果　她說
我無意陷你於不義及反覆垂死之中
不是對你的幸運嫉妒　只是

要你體驗一種殘酷的事實
藉著光
我伸進我的手來

我的　冬日的
早晨的病房
是外人難以撼搖的城堡
卻是妳安歇的床
整齊地
為妳特別鋪列的地方

它可以是一個回響　可以是
一張葉
我的　冬日的
早晨的病房
它會因妳而細細地龜裂

白川荻町降雪前夕

一園草蕈
孢子群迴返
大雪將至
覆之
妻般　柔軟的眠
且依舊曆

摘繭繅絲
交織人間羽翼　禦之
新寒

採收當季的俳句
且磨好半碟山葵
夜來
佐之　二兩燒酒及
未遲的信戳一枚

雪如遙遠而

廣的經文
紛紛篩淨　的前夕
人是馱獸　挨挨地仰首
祈之　輕盈而
重的赦免
誦音沉寂

京都花藝教室

雲的表面連著格子
至水際線

雁行斜　低簷呼喚

憂鬱是空氣
是鶯聲貼上的滑步
是梳的隙

妳的顏是
古典的花押
只染
炭紅的櫻瓣
一片

依依地輕仰一枝
蓮
兩人三腳
猿渡劍山的苦　水池的難

謹此
奉祀
張開大袍散步的素神
從幽徑轉來

東京急行

錯角經過半城綏靖
半城放蕩不羈
街無月
小刀會
呼吸間殺犬
烏鴉振行

高空光亮突出
偏 返 閃 卻 變 開 倚 向
魅魂交互

淺灣水
飲一杯
刺身加威士忌
翻手火光滅

安眠

幾乎，
妳不想旅行了。
回首眷戀，
冬日窩腳的墊子，
時光扎人。
我自遠處遲了，只能

摘取一巒夜的芽般嘆息。
星泉輕沸，
霧織了張小床，
安眠妳的委屈。

離去

詭異的爆炸
淒厲纏上的雲
這月
凍住吟唱的嘴

月下因此無歌
不再有曼妙旋轉的身形

只有一式
淡乳黃的結局

他的額前有一綹無來由的長髮
今夜他將在月下將她剪掉

如果不能再見

二〇〇一年九月十一日，梅莉莎從紐約世貿大樓打電話給西恩。他們前一年才結婚。

「…………」

「……」

「…請在嗶一聲之後留言，嗶。」

「西恩，是我。」

「大家不准動！」
「別想做傻事！」
「我們是該留還是該走？」
「我們可能遇到劫機……我們這裡有些問題……」
「好吧，那就不要疏散。」
「我只是要讓你知道，我愛你，」
「似乎有人鎖住麥克風？」
「我被困在紐約的這棟建築，」
「說『大家坐在座位上』」
「可能是飛機撞上大樓或炸彈爆炸，」
「聽見了嗎？」

「我們不知道，」

「但到處都是濃煙，」

「人，屍體，從天上，大樓頂層掉下來。」

「我真的不知道他在哪裡，

也不知道厄涅斯托布區或凱倫伊斯特曼在哪裡。」

「答應我一定要再打電話給我！」

「美國航空77班機無線電檢……」

「西恩，如果不能再見到你的話，」

「聽見了沒？」

「我們要回機場。」

「樓上有很多我的同事，我要為許多人祈禱。」

「我們有多重損傷。」
「如果不能再見，」
「我只是要讓你知道我愛你……」
「再見。」
「……」

註：本詩所有句子引自「九一一事件」真實通訊紀錄。

水藍色夜燈

在僻靜處　在希臘十字架下
照料壞死的心

如支解的巢　需要重組如
塗鴉的牆　需要
刷白

如和平
必須反唇相譏

當水藍色夜燈亮起
光朝著東方或南方流去
夜的空氣所折成的白船
沁涼地劃開光河

酒窖孕釀潮汐
月影是烈酒杯的底森林是薄荷葉
隱匿的獸衝動

池塘長出海賊

在僻靜處　在希臘十字架下
渡過憂鬱節約時間
喝腐敗的牛奶行走廢棄的海岸道路
投一票罷免參議員

催眠時
一彈指便深睡

我沾濕的腳板
在船之間
船碰觸著　腳板　漂開

水手的話

我偏離航線了，是的，
船長
為著昨夜的暴風雨，是的，
我們的帆並沒有損壞，
船長
但我的心傷了，
船長

那羅盤徹底欺騙了我們，是的，
我並不怨恨隨之而來的災難，
船長
請讓我和我的舵單獨相處一會兒好嗎？
船長（求你）
我愛她，
尤其，
在一艘沒有錨的船上。

世界杯棒球賽

我剛認識她的時候，是在南方的一個小城市裡。

因為逃課的關係，我經常會躲到學校附近的一個小棒球場裡睡午覺。

那是個很簡陋的少棒球場。水泥的觀眾座位很窄小，幾乎所有的鐵絲護網都生銹破損，張牙舞爪地向外翻開來，上頭綁著一包包的嘔吐物和垃圾，地上則丟滿了康貝特的瓶子和打速賜康的針筒。

但是由於這個球場是小城市裡唯一可以給小學生比賽的場地，所以球季開始時，還是會有很多小學生擠在這裡看比賽。

老實說，我從小就對棒球這件事一點興趣也沒有。我既沒打過，沒想去看，也不認識任何一個棒球明星。我覺得與其要站在大太陽下吃別人腳底的沙子，倒不如回家打我弟弟來得實在。

有一天中午吃完便當後，我照樣逃課到球場，不過觀眾席上坐滿了小學生，有一場比賽在進行著。

我無處可去，只好混在人群裡看比賽。她就坐在我旁邊。

那一天下午我跟著她一起賣力地幫她學校的球隊加油，她不時地轉頭看我，大概是要看清楚這個明明穿著敵人制服，卻幫他們加油的傢伙長什麼樣子。

（我本來就不在乎是幫誰加油，我只是想引起她的注意而已。）

就這樣子，我們在南方城市一起渡過了小學、國中與高中的球季。

但我對棒球還是一點興趣也沒有，完全只是陪她打發時間而已。她倒是一直很熱心，每個球員的背號棒次都記得很清楚。

然後，我們分別離開家鄉，到別的城市去唸大學與工作。

我從研究所畢業，服完兵役，在台北找了份文字工作，定居了兩年。

去年世界杯棒球賽的期間，我接到了她久違了10年的電話。兩個人約了一起去天母球場看了中美的準決賽。

她幾個月前結婚了。

「真不敢相信。」在啦啦隊的吶喊聲中我大叫著。

她也笑著大叫說：「是啊，我也不敢相信。以前我還想要在24歲的時候就死掉耶……」

不過現在我們都已經29歲了。

而且我對棒球仍然一點興趣也沒有。
她則是仍然很熱心。

間歇的不集整變奏

星期天的桅桿
在窄港蝟集
以大鍵琴的音色
做乳白與多纜索的交談

島的顏色
零散地懸掛

我的航海圖心緒
緩速爬成
一樁冗長海事

端線上的廢船
是一疊反覆查驗的文件

小舖門外
一塊鬆稀的木牌寫著：
「出售某人枯貝的結語，
適合錯愕之製成的……

（以下剝落）

及拋瓶求救之阻

絕。」

哀傷是我的遁所

當憤怒焚面襲來
哀傷是我的遁所

當挫折浸蝕腳根
哀傷是我的遁所

當神經有一絲絲喜悅
哀傷是我的遁所

當全世界懇求我的原諒
哀傷是我的遁所

我並不畏懼離開妳

我並不畏懼離開妳。

在義大利夜行列車抵達之後，在月台邊際，

晨霧與檸檬酒的香氣，延展著鐵彼此敲出來的夢。

那些做任何事情的女人，每一位都有妳的一部份，

妳的星座血型生肖，妳的限量T恤黑色亮片紋樣，妳的腳與腰身。

忘了長途行李仍在睡鋪，眼見夜行列車消失，尾隨夢搖晃沉落。

一無所有了，那一刻，或過去許多一刻，

即使護照收藏無數鉛重關印。
但只需喊一聲名字，誰都會轉過頭來：「別在意。」
「已經到了，結束以及開始。」
我並不畏懼離開妳，
因為這世界就是妳。

m的留言

「走了。
一枚硬幣換來一夜倫敦火車消失的夢。
鐵軌反響的聲音，迴擊隧道的深處。
抑制天真浪漫的　探究。
記得幫我問候安全的事物。」

紀念

我喜歡這樣的耽溺，
一個夢套著一個夢。

妳給我一個，我便套回妳一個，
層層疊疊，一襲一襲又輕又柔的絲帳籠罩。
原本，我們離真實那麼近，
不到一根纖維的寬度，

透過光與空氣，我們還能清楚看見世界的模樣，
幾乎可以將手遠遠伸出碰觸。

但如今夢的絲帳已有千百萬層，遮斷了敏銳於外的感官，
在那中央，我們擁抱著、耽溺著，
已失去了他人，失去了他物，失去了他事，
我們只剩下我們，這是唯一的真實了。
我們用夢乞求著夢，終於使我們也成為夢境，不再返世。

（室內）星空降下

星空降下

鋼鐵平原翻捲
窩藏
我尋求的
破傷風秘密

而妳提供的卻是

輕片的
薄荷治癒

既然心意如此
唯有讓星空降下
即使在室內
也要正式訣別

互相交換肩胛骨
用草履蟲的古語
說不見

語言學

軟瓶子以及
拘謹者　敬
　禮
正文夾藏愉悅感但基本上是模糊的同時
枝節橫生　那兒是
群雞禁舌的花園

如何　認知的鋒刃滾捲
誠坦的火焰　加身於緩慢
緩慢的　緩慢
緩慢
鱗甲

憂慮讓人變輕
而悲傷沉至胃底
語言學　一瞬間
一瞬間躍入泳池

義大利夜行火車

——我不喜歡旅行，但喜歡與妳一起出門，一起回家。

雖然對妻子很不好意思，但我差不多將三年前去義大利蜜月旅行的事情忘光了，在我心中僅僅留下看過Google Map程度的印象而已，我本來就是個記憶力很差的人。

然而，在這當中慢慢地浮現，我們自卡布里島離開，乘坐夜行火車前往Salerno的情景。（準備去阿瑪菲海岸）晚間九點，我們在車站店鋪買了三罐不同品牌的啤酒帶上車，看著窗外閃逝的風景，全部喝完之後，我爬到上舖，妻子睡在下舖。

我打開手機，一邊讀波赫士的電子小說，一邊逐漸於鐵與鐵彼此敲打的聲音裡，搖晃入夢。

「你在幹嘛？」妻子在夜黯中發問。

「這是我最快樂的時候。」

「為什麼？」

「從此之後，我不用害怕離開妳了。」

抵達Salerno小車站是清晨七點多，進站前籠罩遠處近處的晨霧已經散去，只剩一片光亮。

一念之間

在火裡沐浴著，我的家鄉，在幡旗飄蕩的誦經裡
在衣櫥中，我打開，取出她親自折疊的衣物，去水裡嚎啕更多的水
在冰箱中，我打開，取出剩菜，在孤零的廚房加熱最後的冰冷

在我的掌心的她的迅速消逝的手，我的家鄉
在她的眼下，隨時要破敗
在西伯利亞症候群的前夕

在她暫厝之處佇足，我被荒蕪空空地眺望，餓到不行

「蓋妥肚子，才好睡覺」
「帶上便當，才准離家遠行」
「做個好人，才可以回家」

在她曾經叮囑我的聲粒裡，我的家鄉，淋醒宿醉的浪子
在道別裡成形了，在永不相見裡紮根了，我的家鄉
在一念之間便能回去，啊，一念之間便能回去

回去哪裡

懷念舊日時光

我 思 我 語
天長地久無盡頭
深深懷念何時休

每張4元
*Sunny
315

倘若在巴黎

倘若在巴黎
於火光之側
妳被憶起
將是何模樣
妳的眼光
將凝視何處

何處有連神也流淚的故事，
會是什麼樣的故事？
眼淚流了太多，
索性在臉上發芽，
倘若有人詢問，
「我已垂淚百年千年。」

有時，意念是輝映的。
一個較小而斑斕，
引出一個更無邪的，
或假裝無邪的

虛偽，像是漂浮出來的，
潔亮的意念。無論
在何處，何時，
即便如何被糟蹋。

倘若在巴黎
於火光之側
人群降落，聚集
紛擾前往
歡樂場所
誰將被遺留

於憶起之外

Line

長長的徘徊，稜線上，月使我們剪影純黑清晰，容易殺戮的標靶。
含羞草默默切碎我們的赤足，稜線上，留下便於追蹤的血徑，
使我們永遠，不致於迷失對方，
不致於遺忘。

從什麼也沒有的地方前往，另一處什麼也沒有的地方，
稜線上，絕望的我們沿路採集草葉獸肢、星辰年歲，
用於卜筮唯一的居所，

於夏夜初始，試鑿第一口井。

就在又窄又尖的此處，一起建造一座教堂吧！
花一百年雕刻輕盈的飛扶壁，讓天空更高更遠，
又晴又朗，
讓我隨時能對妳告解，而妳能對我任意奉獻。
使異教徒嫉妒。

等到每日緊緊終結之時，再讓我長長的徘徊，
刈收我的唇舌，
在妳的鎖骨上。

秘密戀情

我代你向每位我遇到的人問候，
便有藉口說出你的名字，
讓所有人不知道，我想念你。

在與你無關的應酬交談，
隨意安插你的名字，
令所有人厭惡，我廢話連篇，簡直。

但從來，你不知曉這樣的被愛是什麼，
就說不要。
很遺憾，只好收回，
於掌指間，緩慢收入無鞘的長刀。

而我終於不再感到寂寞，
不再不安，
走著走著，
世界忽然老到不相識。

甜美的寂寞

妳逃走一段時日
乖乖回來，以為會被罰站
以為會中暑，腦袋像鉛角發燙
需要水分和大量的「沒關係」
但他一句話不說
因為是初夏
甜美的寂寞隨妳回來

也很遺憾是初夏
對戀愛太遲，對失戀太早
對他來說太過奢侈
如露　如電　如妳的IG限時動態
稍縱即逝，無法搜尋
如被緊急收回的LINE：「已取消傳送訊息」
如薄霧於清晨草地蒸發

他什麼事情都讓妳委屈
（才害妳成了逃走的愛哭鬼）

連簡單地叫妳罰站也說不出口
而他只是不敢置信
甜美的寂寞就站在妳的身邊
露出全世界最需要晚安的表情

不是初夏就好了，他想

星空練習

我是妳的倒影抵減　辦法第二條第八款所稱
之『研究機構』當妳凝視 n.m. 評論
作者～～我的時候　試衣時我有 1. 繽紛汽球
綠野仙蹤畏光 2. 我也不得不凝視妳 3. 宿▲ㄒㄧˋㄡ：列星。
諺語密集的短草原當妳伸手觸摸理智
（紛然落下委居於天井之中我的時候）繳納期
限到 11 月 18 日／我也能／觸摸妳但景緻
輕輕的矛盾的抵抗　〈前綴〉　妳的手一旦真的

觸摸到我1：500,000,000的薄荷糖釋懷霹靂啪
啦我的身軀婉轉包裹
進口菸類就會　為之散裂
無邊無際的天堂所以不論妳是喜是悲
我總是，恐懼不已

「我派巨人守衛　妳的
港口」

【自】預先哀愁的
貿易風

尾詩

見面

——我從來無法像妳這樣愛人，很遺憾。

媽媽在電話

媽媽在一般病房

媽媽在手術室

媽媽在加護病房

媽媽在眼淚

媽媽在推床
媽媽在走廊
媽媽在電梯
媽媽在靈車
媽媽在往生室
媽媽在證明書

媽媽在過橋

媽媽在家祭室
媽媽在棺材

媽媽在禮堂
媽媽在火葬場
媽媽在撿骨盤
媽媽在骨灰罈
媽媽在我懷裡
媽媽在靈骨塔
媽媽在神主牌
媽媽在相框
媽媽在家

後記

照片、舊物與詩

我這個人的記性不太好，雖然不是刻意的，但隨著時光流逝，許多事情都像未曾發生過似的，從我的生命裡消失，這當然對不起那些曾經對我有重要意義的人事物，也讓我自己感到很沮喪，好像自己一直是個冷淡無情的人，我並不想當這樣的人，但我確實不是那種會把照片、舊物整理成序的人，所以找不到便找不到吧，也不是非要找到的東西不可，差不多每次都這樣說服自己，於是心就一點一點地像洗了太多次，洗得太白而最後破掉的衣服。

收錄在這裡的詩，以及我個人視為詩的短文，歷經了很長的時間，從大學到此刻，原本四散各處，有的存在深深的電腦硬碟、有的貼在部落格、twitter、Facebook，有些只存在於正式的刊物，有的點陣列印在A4紙上卻沒有原檔，有的只是手寫在六百字稿紙上的草稿。母親於二〇一八年初過世，我在家中整理她為我保留年輕時代的照片、舊物、書信、稿件，忽然之間像是被過去的事物所捕獲，「在這裡。」他們對我說，「我們還在這裡。」到目前為止，究竟愛過誰或重重傷害過誰？曾經紀錄這些事情的，對不寫日記的我來說，終究只有詩而已。

於是花了時間將他們從各處角落裡找出來，正如原本所想的，一開始看著這些過去寫的詩，無論是存在於什麼載體上，我一律感到非常陌生，許多句子我已不記得為什麼要這麼寫，當時的情緒與感受，連寫給誰，什麼時候寫的也忘記了。身為小說家的自己，許久不曾幻想能出版詩集，但一旦決定後，除了繼續新寫之外，也細細重讀舊作，重新打字，覺得不夠好的地方挑挑撿撿地修改，在這樣的過程裡，許多過去珍愛的人事物可以一一回想起來，每一首詩，都是一個微小記號，多年之後仍能提醒我，哪裡有誰曾經被愛，悄悄地為自己標引了時光片段。

而這些詩，大概就是偶然想到誰，想對他說點什麼，在便條紙上寫寫看的東西。這成了極端的私史檢索，但在整理成有組織的詩集時，我反覆閱讀文·溫德斯的攝影文集《一次》與安德烈·塔可夫斯基的《塔可夫斯基拍立得攝影集》，純粹去感受那些旅程文字、時間印象與光影結構是如何被並置，且試著將這些詩作，放在公平的時光流動之中，洗去原有加諸他們身上舊有的時空標籤，僅憑著我的喜愛與靈感，排列成對如今的我具有意義的模樣。

那麼，這樣的詩集適合什麼樣的人讀呢？我想，大概就是那些喜歡整理舊物、信件的人，想要知道自己被誰愛著想著的人，想要穿著一雙溫暖襪子，走在冰涼的地板上的人。

微小記號

作　　者　王聰威

社　　長　陳蕙慧
主　　編　陳瓊如
行銷企畫　李逸文、姚立儷
排　　版　黃暐鵬

社　　長　郭重興
發行人暨出版總監　曾大福
出　　版　木馬文化事業股份有限公司
發　　行　遠足文化事業股份有限公司
231新北市新店區民權路108-2號9樓
電　　話　(02) 2218-1417
傳　　真　(02) 2218-0727
E-Mail　service@bookrep.com.tw
郵撥帳號　19588272木馬文化事業股份有限公司
客服專線　0800-221-029
法律顧問　華洋國際專利商標事務所 蘇文生律師
印　　刷　呈靖印刷股份有限公司
初版一刷　2019年06月05日

定　　價　350元

有著作權・侵害必究（缺頁或破損的書，請寄回更換）

微小記號／王聰威著
.－初版.－新北市：木馬文化出版；
遠足文化發行，2019.6
　面；　公分.
ISBN 978-986-359-683-7（平裝）
863.51　　108007563